風の本

――〈枕草子〉のための30のエスキス

相沢正一郎

書肆山田

風の本——〈枕草子〉のための30のエスキス

風が、五十七ページ目に漆の白い葉裏をまくりあげ、五十九ページ目にたんぽぽの綿毛を飛ばし、六十ページ目にこがね虫を振り落とそうとリラの木をゆする。

九十三ページ目の麦畑の上をやさしく吹く風が、そっと本からぬけだすと、くつを脱いで窓から忍び込む。……レースのカーテンを泳がせながら部屋から部屋へ、あなたの名前を呼びながら薄目をあけてあるきまわる。
やがて、風はひとさしゆびをなめてテーブルの上の本をめくる。
……さがしてる——あなたが何ページ目に隠れているのか。

風は、いもあらし、のわけ、しかのつの、かしんふう、やませ、わかばかぜ——ページをひきちぎって、風にわたしたい。とびちった日々も、いつかつづりあわせられるだろう。……ガタガタなる窓のむこう、ひかりの指にくすぐられ、せんたくものが身をよじってわらってる。

窓辺に立つひとは、川の光をのぞき込んでるひと……たちまち太くぼやけていくヒコーキ雲、木の葉をふりおとし骨のように立っている木、庭の片隅にとぐろを巻いているホース、ソファーや鉢植、テーブルといっしょに窓ガラスに混ざりあったそのひとの姿……ひとも川のようにはじまりとおわりがあるんだろうか。もしここにわたしがいなかったとしたら、いま別の場所で、わたしは一体なにをやっているんだろう。川をさかのぼっていくとき、ひとはなぜ孤独になっていくんだろう。すこしまえに冷蔵庫の扉をあけて中身を点検していた顔――青くつめたい光にぬれたあの顔は、ほんとうにわたし自身だったんだろうか。今朝もまた、窓辺で熱いコーヒーを持って立っていたあのとき、ふわふわこころをよぎる思いはどこに行ってしまったんだろう。

窓辺に立つひとは、日記を付けてるひと……はなしの途中、ふいにはさみこまれた沈黙。かいだんの途中にこしかけて少しだけ泣いたりしたこと。虹をみて一、二分なにもかも忘れていられたこと。ベッドの下からくつしたをかたっぽ見つけて埃をはらったこと。じゃがいもの皮をむいたり、ジャムをつくるため、籠いっぱいのイチゴのへたを取ったりしたこと。ジッパーをさげ、空いっぱいの星をみあげながら小便をしたこと。まよなか椎の実が、屋根を叩いた固い音、しめった土のうえ静かに重く響くあしおと。(すぐちかく、川をはねる魚の水音)。裏庭の門の鎖の錆がてのひらを赤く染めたこと。冷蔵庫にあかい象の磁石でとめられたメモ〈パンプキンパイがあります。電子レンジでチンして食べちゃってください〉。

本をよむときには、おおきな部屋じゃないほうがいい――よく眠るために、ちいさな寝室で窓のカーテンを閉めきってからまぶたをとじるように。……声にだして本をよむときには、おおきな声じゃないほうがいい――木の葉をふるわせ、顔にふれる程度に。

しずかにページをめくりながら朗読するあなたのすぐ近く、揺り椅子にすわって聞き耳を立ててる老人がいる。はじめあなたの呼吸にあわせて揺れていた椅子が、ゆっくり動きをとめたとき……本をとじて、眠らせてあげたほうがいい。揺り椅子にすわっているそのひとが、もしかしたらあなた自身なのかもしれないから……。

川は、すみだがわ、よしのがわ、もがみがわ、かもがわ、みなせがわ、いずみがわ……きょうもねどこで川の名をわたった――ほほえみながら藁くずやペットボトルのただよう日がある、いかりをのみこんで水が馬のようにはしる日も……からだをおこすと水おとはきえ、いしころだらけのかわら。

睡眠は、スイミング。大切なことは、呼吸を整えるタイミング。スーハ、スーハ、スーハ……コーヒーを淹れてるときも、パソコンを打っているときも、窓越しに外を眺めているときも、自転車を漕いでいるときも——あなたのすぐ近く、いつも呼吸をつづけながら泳ぐわたしがいた。

つぎに大切なのが、姿勢——ちからをぬいて水にからだを浮かべるようにして右、左、右、左……と寝返りを打ちながら――ひらおよぎ、バタフライ、せおよぎ、クロールと、徐々にベッドの岸辺からはなれ……からだをくねらせて蛇に、手足のみずかきでアヒルや蛙に、おひれをふって海豚やクジラに、水に身をまかせて水母やプランクトンにすがたを変えながら水になじみ、ついには胎児のかたちに……。すると、いつのまにかあなたのまわりから眠りが満ちてきて。

だけどいちばん大切なことは、目覚めること。バスを待っているひとたちのあいだをたくさんの色鮮やかな魚がおよぎまわり、ソファーでテレビを観ているひとの顔に珊瑚が生え、公園のベンチに腰を下ろしているひとは海藻に覆われている――そんな風景を見ているあなたの目のうしろから泡が生まれのろのろ上昇していくのを感じるとき、あなたはわたしの手の甲を思い切りつねってみるのもいい。

ときには、けやきの木陰で本をよむのもいい。……そのときあなたは、おおきな木に敬意を払ったほうがいい——あなたが坐るより、もっとずうっと前から、そこに根をはっていたんだから……。

気の遠くなるような蟬の声に耳をすましながらまぶたをとじると、あなたはあなたが生まれるより、もっとずうっと前の記憶

に包まれる。あしもとに枯葉色した蟬といっしょに本が落ちて
――あなたは忘れてしまう、あなたが何ページ目にゆびをはさんでいたのか……。
あしもとのとじた本の下では、しろい幼虫がつるはしのまえあしで土をほり、はりの口で木の根の乳を吸っている。……七年後、蟬のしろい目がくろくなり、眠ってるあなたの胸に空蟬をのこしたまま飛びたつ。

虫は、水黽、屁放き虫、蟋蟀、竈馬、草雲雀、糞転がし、鉦叩き、斑猫、七節、舞々被り（黴臭い本をめくっていると、あちこち虫が喰ってる）。……本をとじたあとも――虫の居所が悪い、虫を患う、腹の虫が治まらない、苦虫を嚙みつぶす（このごろあなたが塞ぎの虫に取りつかれているのは、虫歯の所為）。虫が知らせる、一寸の虫にも五分の魂、蓼喰う虫も好き好き。

……あなたもまた本の虫――はたはたとページのあいだから落ちたのは栞、てふてふ、それとも落とし文。

虫が好かない虫、といえば……なんたって蚊。なんだって、蠅だって虻だって蜂だってヒトに嫌われてるじゃないかって……。でも、蠅の「黽」は滑稽だし、冬の蠅はどこか悲しげ。虻の「亡」にも悲哀がただよってる。それに「虹」っていう漢字にもちょっぴり似てる感じ。たしかにアブって名前の響きは粗暴。それに比べて蚊、「蚊の鳴くような声」って慣用句はあるものの、ゆうべの枕もとの声は、まるで夜中の電話のベルか虫歯の痛み。それに「蚊の喰う程にも思わぬ」って痩せ我慢してみても、ときどき思い出してはいつまでも掻き毟る鬱陶しさ。皮膚に残る跡の暑苦しさ。めったやたらに両手をふりまわし、たまに命中すると、てのひらに血の刻印……でも、静かな叫び声みたいなその血、じつはわたし自身のもの。蚊はたちまち実体を消して鼻糞ほどの粘っこい点に……。蜂の一刺しの冷たい痛み、鋭利な刃さきを感じさせる羽音は、蚊なんてもんじゃない……っていうものの、ハチは童話やファンタジーによく登場するためか、ハチミツの恵みのためか、野や花や風に似合うこの虫に、わたしたちは子どものころからどこか親しみを感じてる。「カ」っていう、たった一文字のこの音の軽薄さは「一寸の虫にも五分の魂」にほんとうに当てはまるものなのかどうか。もし魂があったとしても、タバコのけむり程度。そうそうまだいた……

カが濁ってガ。でも、「なんだカ、か」——とはいっても、「なんだガ、か」とはいわないだろう。「おや、ガがいる」って驚くはずだ、きっと。たしかにカもガもたった一文字には違いないけど、ぶむぶむと翅をふるわせながら鱗粉をまきちらすこの虫——尻のあたりから出た粘液でこの用紙にピリオドを打つみたいに付着するけど、カの場合ふっと息を吹きかければたちまち紙の表面から木屑のように消えてしまう。顔に白粉をべったり塗った花魁みたいな蛾の妖しい魅力は蚊よりたしかに強烈。……桑の葉の匂いの染みついた暗い部屋で葉を食み、いっしんに白い糸を吐く「天の虫」蚕だって、蛾の子ども。ある詩人に《蝶よ　白い本／蝶よ　軽い本》とうたわれた蝶だって蛾の仲間。(蚊には「文」っていう字があるけど、この「軽い文」はちょっと……)。さて、蝶の子芋虫のイモって、蔑視。呆れて「親の顔が見たい」とはよく使われることば。だけどこの場合、

「みにくいアヒルの子」――蝶の親と子の顔を見比べて驚くのはまだ早い。極め付きはなんといっても薄羽蜻蛉の子の蟻地獄。乾いた土砂の下の禍々しい虫が衣擦れの音に……。しかし、糞転がしが太陽の神の象徴とされ、また別名スカラベウス・サケル(神聖黄金虫)と命名されているように、意外性のなかにもどこか物事の陰影や裏表、聖と邪悪といった深い味わいが隠されていそうなものなのに、おもいっきり字画の省略された蚊の子、「孑孑」にはなんの含みもない。「軽み」というには、眠りに抗って「子」と書こうとして、へなへなへな……って感じ。(それでも「ぼうふら」では臭いや滑稽味がつよいし、「ボウフラ」ではまるで手ごたえがない。まだ「孑孑」のほうが枯枝や風、かすれた墨あとの感触があってマシ)。だいたい蛆にしろ芋虫にしろ蚕にしろ「虫」という文字が扁や漢字の下や中に隠されてるはずなのに、蚊の子ども、この約束をまるで無視して、どこかヘン。……と、さきに引用した三好達治の蝶の「本」ならぬ「蚊」のこの「文」、ボールペンを握りしめ格闘しているわたしの手もと、眠りと覚醒のはざまで幾度も中断され、書きなぐった筆跡はまさに才子踊り。……すると、虫の知らせか、どこからかゆうべの蚊があらわれ、さっきから耳もとで威嚇。(わたしの虫の居所が悪いのはそのせい)。ほんとうの戦いがはじまるのはこれからだ。

本は、水のはいった木の桶。のぞきこむと、あなたが目にするのはたくさんの星。……水の表面に刻まれた星座に触り、星の運行を読みながらページをめくると、たちまち一億年。

ベッドで読み終えた本をとじ、水差しに手をのばす――水は、木の根と石の味がした。……窓をあけて深呼吸をし、あなたは夜空を仰ぎみる。

よく朝、ふたたび桶をのぞきこむと、水にゆれてるあなたは赤ん坊の顔——くしゃくしゃの紙屑になって泣いている。

魚は、サケ、スズキ、ボラ、コイ、フナ、ニジマス、イワナ、ヤマメ、ワカサギ、アユ、ウグイ、カジカ……ねむるまえに魚の名前をおもいだしているうちに、いつのまにか枕もとから川は退いていて。朝になると水音は消え、鱗が光っている。よく見ると、カーテンの留金から零れ落ちた光だったり、庭に落ちているガラスの欠片だったり。でも、さっきから水溜まりに置いてきぼりにされた魚が、ときどき思い出したように跳ねる……。

道の途中でひろった木の枝——てのひらにぴったりの握りぐあい、長さもちょうど手ごろ。重くもなく、軽くもなく。なんとなく間が持てる感じ。歩きながら、ヒュッと振ってみたり、木の葉をはらってみたり。
もし目の前に暴漢やクマ、蛇なんかが現れたらこれで撃退することができる。襟首に差し込んで背中を掻くことだってできる。地面におおきく円を描くことだって……。この《木の枝》、ちょっぴり僕に似ている。

木からはなれ地面に落ちた《木の枝》は、手にしっくりなじんで《木の棒》に変わる。だけど《棒》は、僕のながい歳月の中で《杖》になることはないだろう。せいぜい二、三十分ほどの僕の伴侶。……土ニ突キ刺シタ木ノ枝ニ、マイニチ朝晩、水ヲヤッタラ、イツカ花ガ咲クダロウカ。

もちろん、木の棒に水やりをすることで枝や葉、花が咲くなんて思っちゃいなかった。退屈な一日に〈待つ〉という行為の持つ、なにかが滴り落ちてくるような期待とちょっぴり濃くなった時間が欲しかっただけかも。


ケッキョク木ノ枝ニ花ハ咲カナカッタ。木ノ根ガ闇ノ中ニ伸ビテイカナカッタカラダロウ。

別れ道に棒を立て、倒れた方角にあるいてきた地点に、いま僕は立ちすくんでいる。

ゆびさきを舐め、ゆっくり本のページをめくると、テーブルで
あなたはサ行のすずしい気配にやわらかく包み込まれる……雨
は、石段をぬらし、理髪店のガラス窓をぬらし、舟をぬらし、
庭の芝生をぬらし、墓石をぬらす。
十八ページ目にくものすの珠、四十六ページ目にくさのはの露、
六十二ページ目に斜めの線をよぎる蓑と笠。……蟇蛙がのっそ

り草葉の陰から這い出してくる八十四ページ目——テーブルに本をとじると、部屋のあちこちに涙のあとみたいなみずたまり。窓ガラスをつたい落ちる滴のむこうがわには、あかるい空がひろがっていて——あなたは細胞に溜まった水をゆらしながら、静かに椅子から立ちあがる。

雨は、あせもからし、なごのしょうべん、さざんかちらし、なたねづゆ、かえるのめかくし……とじた本のかげからはいだした蛙が、ぶきっちょな手つきで鼻をなでまわす。あっちにもこっちにも、ちいさな池になったおもさをかんじながら、あなたは雨のむこうへ。

一五九四年七月十八日、からゔぁっじょハ画布ノ前ニ立ッテイタ。鏡ニハ、ばっかすニ扮シタ画家自身――ツメタイ水ニナガイアイダ浸カッテイタミタイナ薄紫ノクチビル、左目デ見ルモノヲ誘イ、斜メ下ニナガレル右目ニハ憂イガ。右肩ヲオオキクハダケタてーぶるくろすミタイナ布カラハ体臭ガタダヨウ。石卓ノウエニハ赤黒イ腰紐（解イテクレ、ト言ッテイルヨウ）トクグモッタ明カリノヨウナフタツノ桃。石板カラ（ソシテ絵画カラ）ハミダシ零レタ葡萄ノ葉ッパ。両手ニハばっかすノクチビルノ色ヲシタ葡萄ガ一房ツツマレテイル。テノヒラニ力ヲイレタラ葡萄ノ汁ガ滴リオチソウ。

十六年後、コノ若イ画家ハ晩年ノ斬首サレタ自分ノ生首ヲツカム絵《ダヴィデとゴリアテ》ヲ描クコトニナル。

膝のうえで、おおきな画集をひらく。

《果物籠》の籐で編んだ籠のくだもの……黄ばみはじめた葉は萎れ、パサパサ。籐の硬い光沢にくらべ、林檎はいくぶん古く虫が喰っている。梨もイチジクも皺寄った皮膚。くだものは埃っぽいくすんだ光をまとう。……もうすでに時間に喰われてしまったあと。おもわず手をのばしたくなるのは、まだ水分を失っていない光沢のある葡萄の房。籠の底は木の卓上から突き出している。

ページをめくる。《トカゲに噛まれた少年》。髪に薔薇を挿し、片肌を脱いだ少年が花瓶の薔薇にひそんでいた蜥蜴に指を噛まれる。痛っ……と、ちいさな口元から恍惚にも似た声が果汁のように飛ぶ一瞬の表情が凍りついている。痛みは見るものの生理に皮膚感覚に直接ひびいてくる。

痛みが増殖されて残虐性のスペクタクル《メドゥーサ》の斬首後の首から鮮血とともに迸る叫び声に。恐怖に歪んだ顔、開かれた口、飛び出した眼——この絵は祝祭用の盾に描かれ、ながいあいだメディチ家の武器庫に保管されたという。

みけらんじぇろ・めりーじ、通称からゔぁっじょハ二十一歳ノトキろーまデ三文絵描キトシテ無一文ノ乞食同然ノ暮ラシヲ送ッテイタガ、ヤガテふらんちぇすこ・でる・もんて枢機卿ニ見イ出サレ、宮廷画家ニ昇進。トコロガからゔぁっじょノ奇矯ナ性格ハ収マラズ、二週間ホド制作スルト絵筆ヲオキ、剣ヲ携エナラズモノ連中ト盛リ場へ。十数件ニノボル警察沙汰ヲ記録シタ刑事文書、訴訟記録ニ登場スル。

一六〇六年五月二十八日、殺人ヲ犯シ死刑ノ宣告ヲ受ケ、無一文デろーまカラなぽり、まるた島へ。まるた騎士団ノ十字章ヲ受ケタイト願ッテイタガ、折シモ大聖堂ノ内部装飾ノ作業ガ進メラレテイタタメ、祭壇ノタメノ《洗礼者聖ヨハネの斬首》ヲ制作。からゔぁっじょノ絵ハ称讃サレ、まるたノ十字章モ授カル。シカシココデモマタ何人カノ騎士ト諍イヲ起コシ、城ノナカニ投獄サレルガ、牢獄ヲ脱走。

まるたカラしちりあ、なぽりへト逃亡ハツヅク。南へ、南へト明ルイ光ノホウニ逃ゲテイクノトハ全ク対照的ニ、《聖ルチアの埋葬》、《ラザロの復活》、《聖ウルスラの殉教》、ソシテ前述シタ《ダヴィデとゴリアテ》ト画面ニハマスマス闇ガ深マッテイク。死刑追放ニ加エ、騎士ノ復讐ヲモ恐レ、からゔぁっじょハ寝床デモ服ヲ着タママ短刀ヲ肌身離サズモッテイタ。石畳ニヒビク追手ノアシオトニ怯エナガラ。

二〇一四年十一月二十八日、朝、服をきたままソファーから目覚めたわたしは、床に蹲っているコートに向かって、つぶやいた——また、鉤裂きかい。……毎朝、きみは草の種や色違いのボタンをつけてきたり、ずぶぬれになったり、からだじゅう酒のにおいをぷんぷんさせ、そのうえタバコの焦げあとまでつけてきたりして……また敵討ちかい、わたしが眠ってるあいだに……。

カラヴァッジョ……きみのものがたりに比べて、わたしの生活はささやかだ——新しいくつしたを履いたり、手紙の返事を書いたり、小包の紐の結び目が固くてなかなか解けなかったり、浴槽から溢れ出る水を見てあわてて蛇口をしめたり、自転車の鍵やホチキスや耳かきを探しまわったり、窓を開けて蜂を逃がしてやったついでに深呼吸をしたり……。

よれよれコートをつまみあげる。まるで手ごたえがない。まだ夢の中みたい……。去勢の恐怖にとりつかれたかのような斬首の感触や首から鮮血とともに迸る叫び声、傷口に指をまさぐり入れるおぞましい恍惚、生と死のあわいにあるからだの重さがない。それから、わたしは洗面台のへりに片手をつき、蛇口をひねって水を出し、鏡に顔を近づける。わたしの息がわたしの顔を消す。もう片方の手で曇った鏡をぬぐうと——オヤッ、右

目の上、うっすらひっかき傷が……。おもわず手をのばすが、
鏡に隔てられてわたしはわたしに触ることができない。

ところできみはきょう〈空に両手をさしのべ、雲にむかって呼びかけた〉って日記に書いてたけど、きみの去来する思いそのままに流れる雲はかたちを変える――馬やかなとこ、鳥やちょうちょ、ちぶさや水母に……。

やがて、雲はきえてしまう――きみの手のひらに絹のやわらかい肌触りや硬いうろこの感触をのこしたまま、きみがいつものように足の爪を切ったり、ベッドのしたで見つけた靴下のほこりをはらったり、くしゃみをしたり、しゃっくりをしたり、あくびをしたり、かぼちゃの煮物をたべたり、手紙の返事を書いたり、草むしりをしたり、腫れあがった頬をぬれたタオルで冷やしながら〈歯が痛い〉って日記を付けたりしてるあいだに……。

そうして、きみがまぶたをとじて眠ってしまったあと、雲は日記のページのあいだからしずかに漂いだす――まるでまくらの破れ目から飛びちった羽毛みたいに……。

雲は、いわしぐも、きぬぐも、かなとこぐも、しぐれぐも――

あなたは日記に日付のあと几帳面に〈晴れ〉と記す。……きょうも雲がひろがっていた、あなたが〈歯が痛い〉と書いたときも、〈何もなし〉と書いたときも、〈庭の片隅にコスモスの花が咲いた〉と書いたときも。そういえば、雲はもう、四十六億年もまえから空に描かれてきたな。ひつじぐも、うろこぐも、ひこうきぐも……窓の外を流れている雲と、その日、あなたが書いた出来事と、いったいどんな関係があるのか。

この道の果てにはなんにもないんじゃねえか――って親父がよく言ってた。川も井戸も干あがり、ひからびた地面には萎びた雑草がちらほら。……ここにゃあ、野うさぎもトカゲも、禿鷹さえいやしねえ。こんな石切り場みてえな土地にゃ、種もまけねえ。まだあの空のほうが耕すにはずっとましだ。切株を掘りおこす手間だっていらねえし。

いまでも、おれの耳の奥には石畳にひびく硬いあしおとが聞こえる——って親父がよく言ってた。街は、声の木霊でいっぱい。ときどき犬の吠える声。だけど、どの家も空っぽ。すえた臭いや溜息、追憶のしみこんだ壁はくろずんでいた。熱い風に溶かされ、まるで街は湯気のよう。……あしおとは擦りきれた声みてえに歩いているが、ときどき立ち止まって、あちこちの戸をたたく——沈黙のあとの明けの鐘のように。

おれたちは街から追われたのか、それともこれから帰っていこうとしているのか——訊こうとおもっているうちに、親父はぽっくり逝っちまった。……石ころだらけの道の途中で——親父自身、なにがなんだかわからないうちに。……地面に穴を掘りながら、おれは天をふりあおいだ。いまでも、おれはときどき空を見あげる。……ときどき思うんだ——おれも親父のように本当は地面の下にいるんじゃないかって。

遠くのほうで犬の吠え声を聞いた――風のせいだろう、きっと。
……道がのぼりになると、睡魔がおれの背後から近づいてきた
――なにしろ明け方からずっと歩いてきたんだ。……目をとじ
ると、あしおとは剝がれ落ちた影のように薄あかりの道におれ
をおいてきぼりにしたまま勝手に先に行っちまう。

てのひらをあかく染めながら、錆びた音たてて門をあける。荒れ果てた庭をよぎり、歯ぎしりするドアをあけると、あなたが目にするのは——テーブルのうえの固くなったパン、しっけたビスケット、黴の生えたチーズ、干乾びた野菜……。

二階の呼吸にあわせて、階段をおもく踏むと、……しずかに眠っていた埃が、仕返しをするようにあなたを咳き込ませる。厚

いカーテンに光を遮られた部屋は、饐えた寝息にみたされてい
る。ベッドに横たわっている人は、白い髪、深い皺、色褪せた
唇——夜中に水を飲みに起きたあなたが、鏡の中でいつか出逢
うあなた自身。
まるで小石だらけの河原ね……って、あなたは驚かれたことで
しょう、きっと。でも、耳を澄ましてみて、ほら、水音が……。
ここは本当は水辺のちかく、高い木のてっぺん——あなたのま
わりには空の青さと透きとおった風、冷たい水のにおい。

木は、ぶな、かし、けやき、まつ、すぎ、しらかば、とち、はんのき、ななかまど……ねむるまえに木の名前をささやいていると、なぜか死んだひとの名をおもいだしてしまう。あしたあなたが立ってるところは——あかるいはやし、うっそうとしたもり、まばたくまちの灯りのちかく……。

《誰だ》――『ハムレット』のいちばんはじめの台詞に、いったいなんて応えたらいい。いま、わたしが手にしている本は、鏡。……あんまり遠くても、また近づきすぎても、わたしにはわたしのものがたりを読むことができない。いつだったか朝、ふるえる手に剃刀をもってひげを剃っていた面皰面は、本当にわたし自身の顔だったのかどうか。

《いまは亡霊が歩きまわる時刻》――ふいに冷蔵庫の声。……テーブルのまわりの笑顔だって、もう消えてしまった――魚が飛びあがった後、ちいさなさざなみが水の表面に吸収されるみたいに……。鏡のまえで《歯もなく、目もなく、味もなく、何もなく》なんて台詞のあと、やがていつか鏡の表面にくちびるを近づけても曇らなくなったら、さいごに登場するのがおいら道化師ヨリックのシャレコーベ、《あの頭蓋骨にも舌があり、昔は歌をうたうことができたはずだ》……もう恋煩いや嫉妬、歯痛から解放される。

わたしの人生、すべてこれ大根役者。それにしても、これまでいろんな役を演じながら、たくさんの台詞をしゃべってきたな。朝起きると、左腕が痺れて重かったとき《このとおり、おれのからだは魔法にかけられている》、郵便受けに差し込まれた新聞を引き抜こうとして、つよくひっぱって破いてしまったときやトーストを焦がしてしまったとき、シャワーを浴びていて温水がいきなり冷水に変わったとき《馬をくれ、馬を！　馬のかわりにわが王国をくれてやる！》。莢エンドウをひとやま新聞紙に包みながら《人によってしあわせがこうもちがうとは》、雨の日なかなか来ないバスを待ちながら《逆境が人に与える教訓ほどうるわしいものはない》。とりたてて日記に付けることのない一日に《食って寝るだけに生涯のほとんどをついやすとしたら、人間とはなんだ？》、電話やドアベルがひっきりなしに鳴る日に《この恐ろしい眠りに終わりはないのか》。わかってるさ、わたしがいま何幕目にいるのか、だいたい。（ところでローゼンクランツとギルデンスターンは、どうなったんだっけ……）。

ねむい。《明日、また明日、また明日と時は小きざみな足どりで一日一日を歩み》……しずかにテーブルからテーブルクロスが床に落ちるようにわたしは落ちていく——テーブルに置き忘れられてた目の前の胡椒入れに向かって《羊飼いは羊を捜すが、羊は羊飼いを捜したりしない》なんて呟きながら……。

＊　シェイクスピア（小田島雄志訳）の『ハムレット』、『リチャード三世』、『夏の夜の夢』、『お気に召すまま』、『マクベス』、『ヴェローナの二紳士』の台詞を織り込みました。

あなたの眼が熱いのは、ちいさな活字を追った疲れなんかじゃない、ページのあいだから吹き込んでくる砂埃のせい。……それでもあなたは赤い眼をしたまま羊皮紙をめくり、風が刻んだ砂の文様をあいかわらず読みつづけている。

天井裏に積もった砂がこぼれおち、ふやけたからだの節々まで砂をふくんで重い。やがて、梁が腐り、棟が折れ、砂に埋もれてしまうだろう、この家も、あなた自身も……。

本をとじると、あなたは汗と砂にふやけた布団にくるまって戸外の風音を聞きながら眠る。ときどき目ざめては甕の底の錆びた水を飲む。砂まじりの飯を喰う。……ふと手をとめて、あなたは考え込んでしまう――おれはまだ、ものがたりの中にいるのかも……。

草は、ははこぐさ、ほとけのざ、いぬのふぐり、からすのえんどう、きつねのぼたん、……かきあつめた草の名のなつかしいにおい、はっぱで指をきったいたみ、草のうえにすわってほおばったおにぎり、くちにくわえてふいた草ぶえ……うまごやし、ねこじゃらし、すかんぽ、ふきのとう、たんぽぽ。

デハミナサン、ミナサンガ夜空ノ星ヲ見上ゲタノハ一体イツゴロダッタデショウ。二週間前、二カ月前、二年前……。子ドモノトキニハモットタクサンノ星ヲ見タンジャナイカト思イマス。古今東西、星ハ航海スル船ニ指針ヲアタエ、不安ナ人間ノ運勢ヲ占ッテキマシタ。ムカシノ人ビトニトッテ星ノ運行ハ、イマヨリモズット生活ノさいくるニツヨク結ビツイテイマシタ。ソシテ、ムカシノ人ビトハ星々ヲムスビツケテ、天空ニ白鳥ヤ蠍、大熊ナドヲ象リ、モノガタリヲ織ッテキマシタ。

明日の講演のための原稿をパソコンにうっていると、わたしの脳裏に五十年もまえの小学校がゆらゆら現れる――つめたい現像液から映像がうかんでくるように……。しずかな校庭のあかるい百葉箱。くらい靴箱。木造校舎の壁に画鋲で留めてある時間割や習字や絵画。美術室の石膏像のうえに溜まった埃。薬品のにおいの漂う理科室のきれいに洗われた試験管や骨の標本。地面にキリッと引かれた白い直線。夏の匂いがたちのぼる校庭から、ボールが打ち上げられた青空。光が揺れる夏のプール。枯葉の舞う水のないプール。音楽室の壁にかかっているたくさんの幽霊みたいな肖像画……。シューベルトの『魔王』の旋律。

ではみなさんは、そういうふうに、か、か、か、川だと云われたり、乳の流れたあとだと云われたりしていた、こ、こ、こ、このぼんやりと白いものがほんとうは何かご承知ですか……。家でもう何度も頭の中ですらすら読んできた宮沢賢治の『銀河鉄道の夜』――でも、いざ先生に指名されて実際に声に出して読んでみると、賢治の文章の歩くようなリズムや呼吸をまるっきり無視して、棘のあることばに引っかかって鉤裂きにならないよう、ときに助走しながら跳び越え、ときに走り、ときに踊りだすように歌う。

そして、とうとう声はからだから離れ、まるで機械仕掛けの人形みたいな足取りで勝手にぎくしゃくぎくしゃく歩き、止まる。

か、か、か、か、か、か……。小石が水面にさざなみをたてるようにちいさな笑い声が教室中にひろがる。やがて笑い顔が消え、ながい長い沈黙のなかに立っていた。

授業がおわった後、先生が黒板拭きで文字を消したとき、目の前に星雲があらわれた。

夜空ヲ仰ギ見ル仕草ニハ、星々ガ下界ニオクル信号ヲ読ミトル敬虔ナ祈リガアリマス。反対ニ、ミナサンガ本ヲ読ムトキニハ下ヲムク姿勢ヲトル。コレモマタ祈リノカタチナノカモシレマセン。

マダ文字ノ発明サレテイナイ大昔カラ、東西ノ人々ガ星ト星ヲムスビツケテ、イロイロナ動物ヲいめーじシ、マタソコカラ物語ヲ読ム、トイウ想像力ハスゴイ、トオモイマセンカ。

サテ、黒イ天空ニ星ノコトバ、トハ反対ニ、二章ノ「活版所」、三章ノ「新聞」ノ印刷物ハ、白イ地上ニ黒イコトバガ刻ミコマレテイル。ソレト、「星座早見」モソウデスネ。ミナサン、オボエテマスカ。けんたうる祭ノ夜ニ《さまざまの灯や木の枝で、すっかりきれいに飾られた街》ノ時計屋デじょばんにガ我ヲ忘レテ見入ッタ星座ノ図デス。一章「午后の授業」ノ《大きな黒い星座の図》ハ黒板ニ吊ルサレテイマスガ、コノ「黒板」モ黒イ板ニ白イちょーくデコトバガ書カレテイマス。

ずうっと前……わたしは蠟石をにぎって、坂のうえの舗道に絵を描いていた――おかあさんをかいた。おとうさんをかいた。いぬをかいた。ねこをかいた。はなをかいた。いえをかいた。きをかいた。じどうしゃをかいた。でんしゃをかいた。せんろをかいた。

どこまでも続く線路を夢中になって描いているうちに、あたりが暗くなってきた。見なれた木や家並みが石膏色にかわり、ちいさな子どもに背をむけている。風景は無表情に眼を閉じている。ごはんよー。夕暮れの風の音にまじった母の声……。

また、こんな情景も浮かぶ——やはり夕暮れの舗道で、チョークでちいさなひとがたが描かれている。小学生ぐらいの大きさ。そのすぐ近くに花束がおかれている。……やがて、花は枯れ、チョークの跡はだんだん薄くなって消えてしまうだろう。ちいさな子どもは、白い輪郭に横になってみる——ずうっとまえにも、坂のうえの舗道で、からだのまわりにチョークで円をえがいたことがあったな。あのときとおなじ夕暮れの風のにおい。

どこかで唱歌が……。

宮沢賢治ハ、農民タチニ農業ニ必要ナ科学ノ知識ヤ肥料ノコトナドヲ教エル農学校「羅須地人協会」ヲ開設シマシタ。賢治ハ調査ヤ肥料ノ相談ノタメニ田ンボヲ駆ケメグリ、疲労デタオレ肺ノ病気ニナッタリシマシタ。肥料相談所ノ玄関ワキノ黒板ニハ、《下ノ畑ニ居リマス　賢治》。弟ノ清六ガ賢治ノ筆跡ヲ模シタモノデ、ちょーくノ文字ハ消エナイヨウニ農業高校ノ生徒ニヨッテイマデモ上書キサレツヅケテイマス。

坂の途中、ランドセルがいやに重かったな——あのときにはまだ知らなかった、二章「活版所」のジョバンニみたいに活字の世界で働けるようになるなんて——これだって、ずいぶん昔の話。いまでもよく見る夢に、こんなのがある——校正の仕事が深夜までかかってしまい、タクシーでやっと帰宅。ベッドに横になり、とろとろ眠りにとけこんだ、と思ったら、たいへんな間違いに気がつき、どうしよう、どうしよう……と、居ても立ってもいられない――そんな焦燥感にかられている。

輪転機のばたりばたり廻る暗い活版所の壁の隅、ジョバンニは砂浜で貝をひろうようにしゃがみ込んでいる。鉛でできたちいさな活字をピンセットでひろい、ひらたい箱につめている。（ジョバンニが文字を、まるで星をむすびつけるようにして編んだものがたりが『銀河鉄道の夜』なんじゃないかって思う）。石でも木でも鉄でもないちいさな鉛が、白い紙に捺印した文字の凹凸をまなざしでさわったときの温もり。もちろん、金属活字活版印刷のことで、まだオフセット印刷や電子書籍が生まれる前――そういえば、もうだいぶ前のこと活版印刷の活字がデジタル製版に変わってしまったとき、はじめ目が本の表面でツルッツル滑ってしまって、ことばがひどく薄っぺらなものに思えた。モデルハウスの明るい清潔さ、とでもいうような馴染にくい感じ。けれども、いつのまにか目が慣らされてしまって、もうそんな違和感はなくなった。

原稿用紙でなくパソコンで文章を書くことだって、いまではもう当たりまえ。もちろん、便利になったけれど、その分なにかわたしのなかで文章のリズム、におい、肌触り、味覚といったものが希薄になってしまったような気がする。

…………

いつのまにか目の前の液晶画面が消え、くろい鏡にだれかの顔が……。

住む、は〈澄む〉っていうけど、増殖する椅子や食器、衣類や靴……そんなたくさんの物たちがあなたの心臓が止まった途端、ともづなを離したみたいにたちまち混沌へ。それから、埃や錆、襤褸や腐敗臭……。それは、本に黴が生え、虫に喰われ、ながい歳月の果て変色した風合いにも似ている。

気が付かなかったって……ずうっと家にいて、家といっしょに年を取ってるからね。他人の家の扉を開けると、なにか異質な体臭を嗅ぐ——って、よくあるだろ。そうそう、壁のカレンダーを剝がしてみればよくわかる。薄汚れた壁にあいた窓——日焼けの水着のあとにも似た余白、まっさらな時間。

住む、は〈澄む〉っていうけど、地面の底には甕が埋まっていて、時が経つにつれて自然と澱が沈殿し、だんだん水が澄んでくる。そして、暮らしから滴りおちる水が、ときどき弦の切れたバイオリンみたいに響く。……家も、本も、ひとも。

花は、ふくじゅそう、むらさきさぎごけ、すずめのてっぽう、きじむしろ……こんやも、あしもとの花の名を摘んであるいた……すいせん、しおん、ききょう、さつき、すみれ、つめくさ……せいおんを縫いあわせ……まむしぐさ、うまのあしがた、ぶたくさ、きつねあざみ……なぜ、魚やたぬきの名前がないんだろう……おみなえし、ままこのしりぬぐい、へくそかずら…

…あるきまわっているうちに、歌をなくし、影をなくし、名前をなくし……。

シチューが煮えるのを待ちながら、ホメロスの『オデュッセイア』をパラパラ……《あなたはどなたで、どこからお越しになりましたのか。お国はどちらで、また御両親は。どのような船でお着きになりましたのか》。すると、耳もとで声……わたしは、タマネギ。わたしの故郷は中近東。兄弟は、ニンニク、ネギ、ラッキョウ、ニラ、リーキ、アサツキ。生だと辛く、煮ると甘い。とても涙なくしては語れない。じつは球根や茎じゃなくて、ほんとうは葉っぱ。

わたしはジャガイモ。故郷は南米の熱帯、サツマイモとおんなじ。でも、サツマイモはふとった根だけどジャガイモはふとった茎。……お正月の二日に見ると縁起のいい初夢に——わたしは一富士、二鷹、三茄子のナス。むかしから日本ではおなじみ。でも、じつはインド東部が故郷。

キャベツ、ピーマン、カボチャ、ニンジン……そんな豊かな野菜たちのものがたりにくらべて、わたしは貧しい。一体どこからこの食卓に流れ着いたものやら。……いや、まてよ。古代のギリシアでは、寝ながら飲み食いするのがふつう。ホメロスが饗宴でオデュッセウスを椅子に坐らせたのは、英雄の威厳。わたしがいま坐っている椅子の背の傾きは威厳から寛ぎへ。わたしのまわりの俎板、包丁、鍋、フライパン、薬罐、醤油差し、バターケース、たわしなどにも長いながい歴史が……。

《母上、冥土にあっても、せめて互いに抱き合い、胸を凍らす歎きに浸って気持を霽らしたいと、抱こうとするこの手を、どうしてお逃れになるのです》――そんなページの欄外に、目に沁みるシチューの香り。やがて、水道の蛇口からしたたり落ちる水音をきいて、死者たちがやってくる。――たとえ武器は捨てても、水筒と飯盒と雑嚢だけは手放さなかった。水をください、水をください、水をください……。

甘い眠りがわたしの瞼に投げかけられたのか。束ねそこなった声をひろいながら薄くなってひろがって……。わたしは、まだ十一歌のあたりを漂ってるらしい。はたして大地に根を張ったオリーブの樹のベッドに辿り着くことができるだろうか。

やがて、朝になったらマーマレードの染みとパン屑のこぼれ落ちたテーブルクロスのうえ、新聞の紙面から温かいコーヒーの香りにも薄まらない血と硝煙と蛆と膿と飢えが包帯のように滲みだしてくるだろう。……人肉を喰らい美酒に酔いしれて朦朧となった一つ目の巨人に「誰もおらぬ《ウーティス》」と名乗って、先を尖らせたオリーブの丸太を眼に突き刺した英雄だって、しょせん《パンを食べる人間》。……いつか喰われてしまう、わたしだって。

＊　ホメロス『オデュッセイア』（松平千秋訳）を織り込みました。

本の扉をひらくと、井戸のある家。むかしあなたがふたつの手桶をさげた棒をしならせ、足で韻を踏みながら井戸から水をはこんだ家。……家の扉をひらくと、古い階段。三段目に腰をおろして考え事をしたり、おもいっきり泣いたりした階段。（真夜中、あなたは軋んだ音たてて死者たちが階段を行き来する足音に耳をすました）。

ちょっぴり怖くて淫靡な匂いの漂う地下室。簞笥の裏や行李の陰にひんやり黴臭い時間の澱が溜まってる屋根裏。……なつかしい。ずうっと前、地面にしゃがみ込んでちいさな自分のまわりをまるく囲った――あのときとおなじように壁があなたのまわりに蒸気のように収縮し、弛緩し、呼吸している。息を殺して本のページをめくるように、あなたはあちこちの部屋の扉をひらく。火と昔話を絶やさない囲炉裏、本のへりや皮膚のような濡縁、雨の名をささやく軒先……そんな死語のあいだを文字をよむ速度で風のようにさまよう。やがて、あなたが寝室の扉をひらくと、ベッドで本のページのあいだに指をはさんで目をあげた、あなた自身の顔……。

鳥は、翡翠、鷭、鶺鴒、五位鷺、草鷸、蒼鷺——ねむれないときには、鳥の名をおもいうかべるのもいい。いつのまにか水音がたかまるにつれ、あなたは川。ことばの川。あなたのまわりで鳥たちも透きとおって、ひかりの方へ——かいつぶり、とび、いそしぎ、こちどり、まがも……キッ、キッ、キッ。ケレ、ケレ、ケレ、ケレレレレレ。ピッピッ。ピピピピピ、ツィー。

あかるい月の夜に川をわたる牛車の車輪にくだけ散った水晶のような水——その欄外にダンプカーが水溜まりの泥水を撥ねあげる。潮が干あがって浅瀬に座礁したおおきな船——そのすぐ近く、ゆすりあげた紙袋から歩道橋の階段をリンゴがひとつ転がり落ちる。節分のころの菖蒲の残り香、着物を取りあげると漂うたきしめた薫物、まわる車の輪にふっと舞いあがる蓬の香り――そんな行間にエレベーターに残っていたピッツァの匂い……。

硯に髪の毛が入っていたり墨に小石が入っていて墨を摺るとぎしぎし軋む……あったな、そんなこと、ここにも――にくきもの……コートの袖口のぶらぶらのボタン。潔くわれず、いびつになった箸。紙パックの三角屋根がうまく剝けなくてギザギザになってしまった口から飲む牛乳の紙っぽい味。車窓で別れの挨拶をした後もなかなか出発しない電車。自転車の買物籠に捨てられていた空缶。浴室の切れかかった螢光灯の瞬き。

ねむい……ページをめくるたびに涼しい風が顔にしみわたり、まなざしは活字をさわっているものの紙面からことばが剝がれ、はなれ……おおあくび。黒板消しがチョークの文字をけすように――萩の枝にむすんだ恋文も清涼殿もむらさきだちたる雲も方違えも烏帽子も雁の声も衣擦れの音もきえ、……冷蔵庫が唸る。バターケースも植木も確定申告も生協も米櫃もフライパンも洗濯機もスマホもスカイツリーもきえ、……あたりが霞んでくる。

ねたきもの。あさましきもの。むとくなるもの。おぼつかなきもの。たとしえなきもの。めでたきもの。くちおしきもの。うれしきもの。うつくしきもの。ありがたきもの……あったな、そんなこと。ここにも――ねむい……いつかの栞がわりのシャガール展の半券みたいに日々のページのあいだに挟み込まれて……テーブルに突っ伏す。……きえてしまう、ここだって――

千年経って、目覚めたときには……。

風の本——**目次**

4 （風が、五十七ページ目に漆の白い葉裏をまくりあげ……）
6 （風は、いもあらし、のわけ、しかのつの、かしんふう……）
8 （窓辺に立つひとは、川の光をのぞき込んでるひと……）
12 （本をよむときには、おおきな部屋じゃないほうがいい……）
14 （川は、すみだがわ、よしのがわ、もがみがわ、かもがわ……）
16 （睡眠は、スイミング。大切なことは、呼吸を整えるタイミング……）
18 （ときには、けやきの木陰で本をよむのもいい……）
20 （虫は、水黽、屁放き虫、蟋蟀、竈馬、草雲雀、糞転がし……）
22 （虫が好かない虫、といえば……なんたって蚊……）
28 （本は、水のはいった木の桶……）
30 （魚は、サケ、スズキ、ボラ、コイ、フナ、ニジマス、イワナ……）
32 （道の途中でひろった木の枝——てのひらにぴったりの握りぐあい……）

36（ゆびさきを舐め、ゆっくり本のページをめくると……）
38（雨は、あせもからし、なごのしょうべん、さざんかちらし……）
40（一五九四年七月十八日、からゞぁっじょハ画布ノ前ニ立ッテイタ……）
48（ところできみはきょう〈空に両手をさしのべ、雲にむかって呼びかけた〉って……）
50（雲は、いわしぐも、きぬぐも、かなとこぐも、しぐれぐも……）
52（この道の果てにはなんにもないんじゃねえか――って親父がよく言ってた……）
56（てのひらをあかく染めながら、錆びた音たてて門をあける……）
58（木は、ぶな、かし、けやき、まつ、すぎ、しらかば……）
60（《誰だ》――『ハムレット』のいちばんはじめの台詞に……）
64（あなたの眼が熱いのは、ちいさな活字を追った疲れなんかじゃない……）
66（草は、ははこぐさ、ほとけのざ、いぬのふぐり、からすのえんどう……）
68（デハミナサン、ミナサンガ夜空ノ星ヲ見上ゲタノハ……）
78（住む、は〈澄む〉っていうけど……）
80（花は、ふくじゅそう、むらさきさぎごけ、すずめのてっぽう……）
82（シチューが煮えるのを待ちながら……）
86（本の扉をひらくと、井戸のある家……）

88 （鳥は、翡翠、鸊、鶺鴒、五位鷺、草鷸、蒼鷺……）

90 （あかるい月の夜に川をわたる牛車の車輪に……）

相沢正一郎——

一九五〇年、東京生れ。

詩集

『リチャード・ブローティガンの台所』（一九九〇・書肆山田）

『ふいに天使が　きみのテーブルに着いたとしても』（一九九三・書肆山田）

『ミツバチの惑星』（二〇〇〇・書肆山田）

『パルナッソスへの旅』（二〇〇五・書肆山田）

『テーブルの上のひつじ雲／テーブルの下のミルクティーという名の犬』（二〇一〇・書肆山田）

『プロスペローの庭』（二〇一二・書肆山田）

風の本――〈枕草子〉のための30のエスキス＊著者相沢正一郎＊発行二〇一五年一一月三〇日初版第一刷＊装画相沢律子＊発行者鈴木一民発行所書肆山田東京都豊島区南池袋二―八―五―三〇・電話〇三―三九八八―七四六七＊印刷精密印刷石塚印刷製本日進堂製本＊ISBN九七八―四―八七九九五―九三〇―〇